雪の朝の約束
木澤 千
KISAWA Sen
文芸社

（一）

九月二十日、母が逝った。

以後、月命日に主のいない実家に出向くことになる。

実家に着くと、今は廃業している煙草店のシャッターをあげ、部屋の窓を開けて風を通す。人は住んでいなくても、埃は少しずつあらゆるものを覆い、部屋は翳ってゆく。掃除を済ませ、仏壇に手を合わせる。

それから、母が使っていた専用の椅子に腰かけて、しばらく部屋のぐるりを眺めてぼんやりと過ごす。空気が入れ換わると、人の気配が戻ったようだ。再びすべての窓を閉めシャッターを下ろす。それから墓に向かう。

墓は実家から五分ほど、寺の裏手の小高い丘の斜面にある。丘の東のはずれには、昔、炭鉱の坑内から石炭を積んだトロッコを巻き上げる、巻場という建物があった。炭鉱夫の切羽への出入坑にも使われていた。今は深く生い茂った雑草に覆われて、コンクリートの土台だけがひっそりと残っている。

父は若い頃、この巻場の運転作業員だった。炭鉱の電気技師だった叔父の紹介で母と結婚する。やがて病気のため炭鉱を辞めて、祖母と母とで切り盛りしていた店を一緒に営むようになる。

五歳の頃に、昼弁当を届ける母について行ったことがある。

父が運転室に入れてくれた。見下ろすと、巨大な巻き上げ機から太いワイヤーロープが軌道に沿って伸びている。白いコンクリートドームの坑口から電球が点々と連なり、やがて闇になる。貯炭場から空のトロッコが引き上げられ、ポイントが切り替えられて坑道を下りてゆく。闇の中にトロッコが見えなくなっても巻き上げ機は回り続ける。一体どこまで下りてゆくのか、ゴオンゴオンという巻き上げ機の音だけが響き続ける。引きずり込まれるような錯覚を覚えて怖くなる。私は父の作業着の裾を摑んだ。

墓塔の側面に刻まれている建立者、母の名は、ずっと赤く塗られていたが、今は黒く塗り替えられ、母はそこに居る。花を挿し替え、線香をあげて手を合わす。

十二月二十日、朝からの雪のなか、いつものように実家に向かう。幾筋かの轍を残して道路が白くなっている。小学校までの坂道を上って信号機の手前で車を停める。道路左側の団地の家々も雪をかぶっている。かつて炭鉱の社宅、炭住が軒を連ねていた場所だ。あの日も連なったスレート屋根を雪が覆っていた。

緩やかな下り坂が突き当たりの海岸まで続いている。雪は小降りになり、眺望が一気に開ける。冬の海は白く波立ち、冷たい空気を透して、対岸の九州の家々や工場、その背後の雪化粧した山々までがくっきりと見える。

家は海岸までの道の半ば、郵便局の隣にある。戦前から数年前まで、煙草と食料雑貨の店を営んでいた。

駐車場に車を入れ、道路に出て小学校の方を眺めた。雪道にタイヤの跡が続いている。

五十七年前、私が小学二年生のクリスマスの翌日の朝、父は降りしきる雪のなか、ハイヤーに揺られて、この道を登った。そして四日目の二十九日の昼過ぎに戻ってきた。ハイヤーではなく霊柩車で。

（二）

父は、私が小学校に入学する少し前から、持病の心臓弁膜症で入院や退院を繰り返すようになっていた。やがて炭鉱を辞める。一緒に暮らしたのは長くはなかったように思える。思い出す記憶を繋いでみても短い。

隣町の森山病院に入院していた時は、弟と一緒に母に連れられて、よく見舞ったものだ。病室の窓の下を流れている小川で、メダカやフナを捕って遊んだ。一年生の夏休み、ここで捕ったメダカと藻を牛乳ビンの中に入れて飼い、観察日記を書いた。父が手伝ってくれたのを、ぼんやりと覚えている。

病院に泊まることもあった。私はいつもベッドの中で怪談話をせがんだ。怖くて毛布に潜りこんで、父にしがみついて聞いた。父の胸は痩せていたが、とても温かかったのを覚えている。そして薬臭かった。そのうちにいつの間にか眠ってしまう。

その年の秋、父は労災病院に転院した。心臓病が悪化したと聞かされた。

父は暮れの二十五日に労災病院から一時帰宅した。帰るとそのまま奥の間で布団に横になった。

「正月が明けたら医大で心臓手術を受けるんだって」

姉が教えてくれた。

クリスマスの食卓では、私はいつも丹前を着た父の胡坐の中に座るのだが、この年は弟に譲った。私が座ると父が苦しいのではないかと思ったからだ。

「寒い寒い、雪になったよ」

祖母が店の雨戸を閉めて、服をはたいて手をこすりながら入ってきた。

雪が積もると、父は毎年大きな雪だるまを店の前に作ってくれた。今年は無理だと思った。

「そうか雪か」

父はそう言っただけで、あとは何も言わなかった。弟はせがみ続けた。

翌日の朝早く。家の前にハイヤーが停まった。後部座席に母の妹の夫が座り、父は窓際に乗り込んだ。

父は窓を開いて手を出し、私たち三人の頭を撫でた。

父が私を引き寄せて頭に手を置いてこう言った。

「頼んだぞ、約束だ」

目を見て頷いた。優しい目で父は、よしよしというように二度頷いた。

「二人を頼むね」

助手席の母が姉に言った。姉は車に乗りたがる弟を羽交い締めにしていた。

少し大降りになった雪のなかを、ハイヤーがゆっくり走り去る。雪の向こうで父が何度も振り向いて私たちを見た。

ハイヤーが見えなくなり、雪道にタイヤの跡が小学校の下まで続いている。一番方の入坑を知らせるサイレンが鳴り響いていた。

（二）

祖母と私たち三人の生活はすぐに終わる。二十九日の昼頃、父は霊柩車で帰宅した。

雪はあの日からずっと降り続いている。

奥の間に横たわる父は、少し小さく薄くなっていた。

母、三十二歳、真っ赤な目で唇を真っ白にして髪を逆立てて、なりふり構わず泣き募った。狐のようにつり上がった目がひどく怖かった。何かに怯えているようにも見えた。姉はずっと母に寄り添っていたが、弟は母に近寄らなかった。

この日の母の尋常ではない取り乱し方の理由を知るのは、それから五十年以上あとのことになる。

父が行った日と帰ってきた日、この二日は、私の忘れられない記憶のひとつになっている。今でもくっきりと思い出すことができる。あの時、ハイと声に出して返事をしてあげていれば良かったと今でも思う。私は、二、三ヶ月後に手術に成功して元気に戻ってくれれば、ほかの家のようにいつも父の居る家族になる、運動会でも一緒に走ることができる、夏には海水浴にも連れていってもらえる、そんなことを空想していたのだ。

葬儀は、私と弟にとって、全くお祭り騒ぎだった。初めて会う何人もの親戚、炭鉱の人びと、クラスの友達と先生。出棺の時、私は霊柩車の前に父の写真を持って立たされた。大人は私たち姉弟を見て泣いた。友達と目が合ってニヤッと笑い交わして、友達の母親に睨まれた。

通夜と葬式の間、大人はこれまでと違う人間になったのではないかと思った。口々に私に言った。

「お前がしっかりしろ。片親だからと母ちゃんやばあちゃんに肝を焼かせるな」

肩を怒らせて炭住を闊歩する鉱夫の人たちさえ優しかった。これらの人に弟は不憫だと可愛がられた。

嵐のような二日間が終わると、長く家に居ることはあまりなかったとはいえ、父のいない寂しい生活が急にやって来た。母も祖母も父のことはあまり話題にしなかった。正月もひっそりと暮らしたように記憶している。

四十九日の法事が終わった晩、私と姉が居間に呼ばれた。

川崎市に住んでいる伯父夫婦が座っていた。弟が伯父の膝に抱かれていた。

「川崎の伯父ちゃんには子どもがおらんから、連れて帰りたいと言うてるけど、どうするか？」

祖母が弟を指差して私に聞いた。

「伯父ちゃんの子どもになるっていうこと？」

聞き返して、私は母を見た。母は赤い目をして、項垂れて祖母の陰に座っていた。何も言ってくれなかった。

みんな黙りこくって私を見ている。弟だけがニコニコ笑っている。

沈黙が続くなか、これは自分が決めなければいけないことなのだと思った。

膝に置いた手を固く握って私は言った。

「ダメ！　あげちゃあダメだ」

姉も嫌だと言った。

また、みんなは黙った。弟だけが怒っていた。伯父の首にしがみついて私を睨んで言った。

「僕はついて行きたいのに、兄ちゃんが邪魔した」

しばらくして祖母が口を開いた。

「そういうことじゃ。この話はなかったことに。あきらめて下さいや」

母は声をあげて泣きながら、私と姉を見て何度もウンウンと頷いた。

その時、私は家族にとって何かとても大切なことを自分が決めたのだと思った。

春先には何もかもが落ち着いたように思えた。私は父からの頼まれごとと約束のことをいつも考えた。二年生の子どもにとって大したことは考えつかない。例えば口答えをしないとか、言われなくても宿題はするとか、時々は店番や風呂焚きを手伝うとか、せいぜいその程度だ。だからと言ってきちんと守ったかというと、そうでもない。結局、一年経った祥月命日の頃には、私の生活は父が生きていた頃とほとんど変わらない毎日に戻っていた。

しかし、時々はふっと思い出す。

あの時、父は私に何を頼んだのだろうか、父と何を約束したのだろうか。葬儀の日に大人たちが私に言ったこととは違う、何か特別の大事な約束だったのではないかと。

母は私が四年生の夏休み前から、店を祖母にまかせて、漁港近くの水産加工場で働くようになる。加工場は海岸沿いに自転車で西に十五分ほどのところにある。雨風の強い日や冬の冷たい日には、出勤する前から頬を赤くして、帰るとさらに真っ赤になっていた。指先はいつもひび割れていて、帰るとメンソレータムを塗った。母は辛そうに見えた。

「店だけでは生活が厳しいのよ。倹約せんにゃね」

中学生になった姉は言った。

「グシグシ頑張ってさえいれば、そのうちに必ず良くなる」

祖母は口癖のように母に言い聞かせて励ました。炭鉱の閉山が噂され始め、炭住に空き家が少しずつ増え始めた頃だった。

（四）

町には新沖炭鉱と中浜炭鉱という二つの海底炭鉱があった。店は新沖炭鉱の大通り沿いにあった。

出水事故で閉山になった中浜炭鉱に続いて、中学校二年生の春に新沖炭鉱も閉山になる。

小学四年生から五年生の初夏にかけて、安保反対闘争と三池炭鉱の争議闘争で町は騒然とした。黄色いヤッケ姿の三池炭鉱の組合オルグ団が何度もやって来た。労働組合の人たちは、あちこちで演説した。炭住内の広場や坑外作業場で集会が開かれ、デモ行進が繰り広げられた。何度かストライキもうたれた。この闘いは翌年の春先まで続くが、やがて下火になる。この頃から希望退職者が増え始める。三年後、閉山が発表された。

毎日のように引っ越しが続いた。小学校入学当時、千八百人もいた生徒数は、数年間で九百人にまで減った。卒業から中学校に進級したあともさらに減り続けた。

入坑出坑を知らせるサイレンの音は消えた。海底から石炭を積んだトロッコを引き上げる巻場の音も止まったままだ。石炭貨車を引いた蒸気機関車の汽笛は響き渡ることもなくなった。桟橋に停泊する石炭運搬船も寄らなくなった。国鉄の支線を一日十数便ほども往復していた電車は、二両編成から一両になり、やがて朝夕各二便に減った。

炭住街の賑わいは音を立てて崩れた。食事の用意をするカンテキの煙は立ち昇らなくなった。人びとの騒めきは絶えた。子どもたちの歓声や泣き声も消えた。大通りの商店は、あっという間に半分になった。

買い物客が少なくなった商店街はみじめで衰退は早い。我が家の商売も次第に先細りになり、わずかな食料品と煙草の販売だけになっていた。食料品を残したのは食べ盛りの私たちのために、卸値で自家消費出来るからだ。

加工場から帰った母は、立ちっぱなしで疲れた足を引き摺るように、炭住に残った人や地元の人の家を訪ねて注文を取って回り、遅くなってから自転車で配達をした。辛そうな時には私が配達をした。しかし焼石に水だった。祖母は一日に何度も店の前に立ち、ひと気のない通りを眺めて溜め息をついた。貧困からの出口はなかなか見えない。抜け出るのは困難だった。

私たち姉弟は、白百合会という母子家庭の扶助組織からの奨学金と、市の扶助金で給食費と文房具を与えられた。それは中学校を卒業するまで続いた。

父の三周忌の法事の夜、叔父は私たち姉弟を自宅に招いて、少し遅れたクリスマス会と忘年会を開いてくれた。叔父は無口な人で、いつもムスッとしていて怖いくらいだった。従姉妹たちとケーキを食べ、クリスマスプレゼントももらった。叔父が山高帽をぺちゃんこにつぶして頭にかぶり、マントを身にまとい、顔に墨で髭を描いて襖の陰から出てきた。「支那の夜」という歌を扇子をゆらゆら振って歌いながら、腰をくねらせて踊った。私たちは腹を抱えて笑い転げた。

「こんなことが出来る人じゃないのにねえ」

叔母は笑いながら言った。

隣町の百貨店の食堂に、お子さまランチを食べに連れていってもらったこともある。私たち姉弟と従妹三人、年端も変わらぬ六人もの子どもを連れて。叔父は相変わらずムスッとしてビールを飲んでいた。時々、おいしそうに食べる私たちに目を細めた。私たち姉弟を楽しませようとしていたのだと思う。

男の子のいない叔父はよく海岸でキャッチボールをしてくれた。釣りにも連れて行ってくれた。私がボールを受け損ねたり、釣った魚を逃したりすると、ニコリともしないでいつも言ったものだ。

「つまらん奴じゃのう」

その叔父は八十三歳で胃がんで亡くなる。

（五）

七回忌の法事に吉原のじいちゃんがやって来た。

「来年の春には新潟県に帰るからお参りに来た」

新沖炭鉱の労働組合の役員を閉山まで長く勤めていた人だ。アカだと言う大人もいた。法事の席で、父が炭鉱を辞めるまで一緒に組合活動をしていたことを知らされた。組合のことは一度も聞かされたことはない。

毎年のメーデーではたくさんの人が歌を歌いながら行進した。五歳の頃、風船を持って歩いた。誰かに手をつながれていた。たぶん父だと思うが、はっきりとは思い出せない。

翌年の春、小学校の一年生からずっと同じクラスだった聡が転校した。これで仲の良かった友達はほとんどいなくなった。

駅で見送ったあと、線路を横切って土手を登った。登りきると炭住のはずれに出る。海の方から夕焼けが頭の上まで広がっている。碁盤の目のような炭住の通路を歩いた。炭住は息をひそめているように、ひっそりしていた。

途中で吉原のじいちゃんに会った。いつも近所の人と将棋を指していた縁台に一人で座ってキセルをふかしていた。

「聡の見送りに行ってきた」

そう言ってじいちゃんの隣に座った。

「聡も行ったか、ワシの将棋相手もみんな他の土地に移ってしもうた」

じいちゃんは寂しそうに言った。

じいちゃんの息子二人は閉山後それぞれ県外の仕事について、家族はバラバラになっていた。ばあちゃんが出てきてエプロンのポケットから干し柿を出してくれた。

いつか聞いてみようと思っていたことがある。干し柿を食べながら聞いた。

私は、炭鉱がこんなに寂れてしまったのは、安保や三池の闘争で大人が大騒動したせいに違いない、闘争が終わった頃から炭鉱が変になったのだと、ずっと思っていた。

じいちゃんはキセルの灰をポンと缶かんに落とすと、険しそうな顔をして腕を組んだ。

「難しいのう、じゃがな、それはここで働いておった者らのせいじゃない、もっと大きい別のわけがあったんじゃ。大人になったらきっと分かる」

じいちゃんはこう言って、またキセルに煙草を詰めた。少し怒っているようだった。ばあちゃんが干し柿を新聞紙に包んで持たせてくれた。

「社宅が寂しくなっていた」

店に帰って話すと祖母が言った。

「炭鉱の本社が社宅を取り壊して土地をならして売りに出すそうな」

何もかもが壊れ始めていた。家族が何か得体の知れないものに取り囲まれているように思えた。

私たち姉弟は国と県の奨学金で高校を卒業した。

姉は高校卒業後、隣町の市営交通局に就職した。当時、炭鉱の跡地東側に広がる干拓地に石油精製工場の建設が始まっていた。現場事務所に赴任していた今の夫と知り合い結婚する。工事が終わって埼玉県に移るまで路線バスの車掌を続けた。

姉の車掌の制服はよく覚えている。交通局の寮に暮らしていた。毎月の給料日のあと、海岸線を走る路線バスの担当日には、停留所で家に入れるお金を受け取った。時々は弟も行った。バス停で姉はいつも言った。

「みんな変わりないかね?」

高校二年生になった時に姉は私に言った。

「修学旅行は私が行かせてあげるから心配しなくていいよ」

姉にこれ以上無理はさせられなかった。私は夏休みいっぱい隣市の遊園地の食堂で皿洗いのアルバイトをして、旅行費用を工面した。

高校での成績は悪くはなかったが、高校三年生に進級する前に母に告げた。「進学はしないで就職する」

「ごめんね」

母はこう言って私に頭を下げた。

母のせいではない。謝られても返事のしようもない。私が進学すれば家はやっていけなくなるどころか、私が働かなくてはやっていけない、家計はそんな状態だったのだ。

弟は仕送りなしという条件で、東京の大学の夜間部に進学した。その後四年間、学費だけは姉と私が援助した。弟はアルバイトでしのぎ、卒業後は東京に残って保険会社に勤めている。

三十三回忌――母は六十四歳に、私は四十歳になっていた。

三回忌と七回忌に顔を見せた川崎の伯父は、その後の法事に来なくなった。父のたった一人の弟だったので、その都度案内は出したのだが、毎回、転居先不明で戻ってきた。電話も通じなくなっていた。

法要の翌日、片づけも終わって、遅い夕食を摂りながら聞いた。

「川崎の伯父さんはどうしているんだろう」

「ここだけの話だけどね」

こう前置きをして祖母が話し始めた。

伯父は川崎市内でテーラーを営んでいた。腕の良い仕立て職人だった。当時は羽振りも良かったようだ。そのうち既製品の洋装店が増え、オーダーメイドの店は衰退する。七回忌の法事には伯父一人が参列した。当時、相当の借金を抱えていたらしい。その夜、伯父になにがしか用立てて欲しいと頼まれた。叔母夫婦からも借りて出来る限りの金を工面して渡したという。

「ウチも火の車だったし、十分なことはしてあげられなかった」

祖母は申し訳なさそうに言った。それから音信が途絶えたのだった。

傍から母が言った。

「あの時、あんたが養子縁組の話を断ってくれて本当に良かった」

子どもの私に、そんなことが見通せるはずもない。ただ、家族が離ればなれになることが嫌だっただけだ。もしも弟が川崎に行っていれば、その後の彼の人生は全く変わっていたに違いない。こっちに残った家族もだ。

（六）

卒業後、私は叔父の紹介で地元の商事会社の事務機器部門に営業職として就職した。バブル最盛期だった。顧客訪問と新規顧客の獲得に奔走した。

二十七歳のとき、得意先の事務員をしていた妻と知り合う。結婚して二人の男の子をもうけた。手狭になった実家を離れ、車で五分ほどのところの団地内に中古の家を買った。

その五年後に祖母が亡くなる。

祖母は母の妹を嫁がせた後、叔母夫婦としばらく同居していたが、父が入退院を繰り返すようになってから店に戻った。私たち家族を不憫に思っていたのかも知れない。

祖母が亡くなったときの母の様子は異常とも思えた。

夜中、祖母の様子がおかしいと電話で呼び出された。妻と二人で駆けつけると、祖母は息を吐き出すばかりの呼吸をしているように見えた。かかりつけの医院に往診を頼んだ。その間にも祖母の唇は黒ずみ、顔の色は暗い灰白色に変わった。苦しそうな息づかいは続いた。私は祖母を膝に乗せて抱いて背中をさすってやった。母は怯えたような顔をしてウロウロと歩きまわるばかりで、祖母の傍にさえ寄ろうとしなかった。叔母夫婦もやって来た。叔父は祖母の様子に首を振った。直後に祖母は息を引き取った。私の耳元で二つの言葉を残して。

「何か言うたよね?」

妻の陰に隠れて見ていた母が恐るおそる聞いた。祖母は母の名をちゃん付けで呼び、それからナンマンダブと言った。それを伝えると、突然、母は泣き崩れた。往診の医師がやって来て臨終を確認した。母の異様な怯え方のわけは、三十年以上経ってから明らかになる。

祖母を送り出したあと、母は加工場を辞めた。その後、脳梗塞で倒れるまで煙草屋とクリーニングの取次をして暮らした。生活は少しずつ楽になり始めた。加工場の水場での立ち仕事で膝を痛めていた。少しずつ悪くなり、歩くのにも障りが出ていた。私が出勤前に開店の手伝いに入ることが多くなった。

子どもたちは学校や保育園が終わると、まっすぐ煙草屋に帰った。仕事を終えた妻が迎えに寄り、母の夕食の準備をして、店を閉めて帰宅した。

「孫の面倒を見ながら煙草を売って安気に暮らせる」

母は喜んだものだった。ようやく手にした安寧だった。

（七）

五十回忌——母は八十一歳に、私は五十七歳になっていた。

父の最後の法事だった。近くの親戚も集まって営んだ。親戚の人は言った。

「息子が五十回忌をするなんて兄さんも早く死んだものだ」

「まさか自分が五十年の法要に居るなんてねえ」

母は介護用ベッドに横になったまま言った。

三十三回忌からの十七年間に、私たち家族には大きな変化があった。とりわけ私と母には。

私の勤める会社は隣市との境を流れる川にかかる長い橋を渡った先、工場地帯のはずれにある。ある日から突然、この橋を渡るのが辛くなった。橋の上を運転していると必ず胃が痛む。頭痛に襲われる。職場では一日に何回も手を洗う。何か良くないものが掌にこびりついているような感覚にとらわれていた。無口になり、いつも額に汗を滲ませていた。会社の誰もが私の異様な変化を訝しんでいた。

上司に勧められて受診した。神経性抑うつ症と診断された。処方された薬を飲んで、騙しだまし勤め続けた。やがて限界が来る。病気休暇を申請し、在宅で過ごした。夜昼が逆転した。眠れず明け方まで本を読み、窓が白み始めた頃にうとうとと眠り込み、昼過ぎに目を覚ます。何もする気が起こらず、昼間FMラジオを聴き続けた。母の店には時々顔を出した。

「働き過ぎたのではないか」

「燃え尽き症候群じゃないの?」

母も妻も困惑した様子を隠さなかった。子どもたちは私を遠巻きにした。

「あの頃は仕事を終えて帰ってくると、自殺しているのではないかと毎日怯えていた」

妻は今でも口にすることがある。

結局、復職も転職も叶わなかった。

会社を辞めた直後にひどい息苦しさに襲われた。不安定狭心症と診断された。この先の不安に苛まされていたのだろうか。心臓の血管にステントを留置した。

退院後、僅かばかりの退職金と貯金を元手に、駅のロータリー近くに古書店を開いた。会社の元同僚は、どうして古本屋なんかにと店にやって来ては言った。読書が唯一の楽しみで町の古本屋によく出かけていた。昔から本が好きだったという理由しか思いつかない。妻は何にしろ私が普通の生活に戻ることを喜び、賛成してくれた。

誰からも命令されない、誰にも指示せずにすむ、ノルマもない、マイペースでやれる。この仕事は性に合っていた。気持ちは楽になり、やがてうつ症状も消えた。

本好きとは言え、素人に毛が生えたような心許ないスタートだった。やがて商売は少しずつ軌道に乗る。しかし多くの儲けが見込めるほどではない。

「商売人の子どもはやっぱり商売人なんだね」

母はそんな言い方で、私の体調の回復を喜んだ。四十二歳での転身だった。

結果、後々これで良かったのだとつくづく思うことになる。

（八）

母は七十九歳の秋に脳梗塞で倒れた。

いつものように煙草屋に寄ると、朝食をとっている母に異変を感じた。箸を何度も落として首を傾げている。口の端からご飯粒をボロボロとこぼす。涎も出ている。うまく立ち上がれない。すぐに救急車を呼び、そのまま入院になった。私の生活は一変した。

自動販売機から現金を取り出し、釣銭と煙草を補充して自販機だけにしてシャッターを下ろす。それから病院に向かい母を見舞ってから店に出る、早めに店を閉めて病院に寄る、を毎日繰り返すことになる。

煙草の仕入れは週に一回、現金決済だ。仕入れ日には次回の注文数を確定して小切手を切る。掛け売りの回収など、金策に走る。母の年金で補充することもあった。母はあの歳までよく一人で頑張っていたものだとつくづく思う。時々は近所に住む叔母に店番を頼んだ。古本屋には私の不在時にパート従業員を雇った。

三ヶ月後、母はリハビリ専門病院に転院する。左半身の上下肢に麻痺が残っていた。多少の嚥下障害も。

時々見舞いに帰省する姉弟は、母の退院後のことをさかんに言うようになった。姉は施設入所を勧める。私と妻の負担を考えていた。弟は出来るなら煙草屋に戻してあげたいと言ったが、同じように私の体の心配もしていた。母は退院後のことを口にすることはなかった。内心はわからないが、帰れるものと思い込んでいるようでもあった。私は迷い始めていた。

（九）

病院で母を車椅子に乗せてリハビリ室に連れて行った時、知り合いの三浦さんにばったり出会った。知り合いと言っても煙草を買いに来た時に、二言三言話す程度だ。

中学時代、彼を見かけると出来るだけ目を合わさないように下を向いて通り過ぎた。地元では有名な不良だった。ノボル兄貴と呼ばれ、いつも肩を怒らせていた。

今は母親との二人暮らしだ。炭鉱が閉山になってからも、何棟か残っている炭住を借りて住んでいる。中学校を卒業して父親と同じ炭鉱で働いていたが、閉山後しばらくして鳶職人になる。やがて全国の現場を転々とするようになった。

私が小学校五年の五月のことだった。時間でもないのに出入坑を告げるサイレンが海岸の方から鳴り響いた。学校の前の道路を、何台もの消防車や救急車やパトカーが走り抜けた。それから全校放送で教頭先生が児童の名前を読み上げ、すぐに校庭に集まるように言った。授業は取りやめになり、廊下をバタバタと走る音が何度も往復した。

下校すると、中浜炭鉱の切羽で出水事故があったと大騒ぎになっていた。新沖炭鉱の非番の人たちは、何台もの排水ポンプを運び込んで救助を加勢した。何人かの鉱夫が水没した坑道のなかに残ったままになっていた。翌日の夕方頃には絶望的などと言う言葉が飛び交った。

結局、十五人の鉱夫を坑内に残したまま坑道は閉鎖された。三浦さんの父親もそこに残されたのだと聞いた。坑口周辺に幽霊が出るとの噂が広がった。やがて閉山になる。十月半ばのことだった。

リハビリ室の待合にいた三浦さんは、剃り落とした眉にスキンヘッド、ニッカズボンにジャンパーといういで立ちだった。ベンチに座って両腕を広げて背もたれに乗せていた。はだけた肩に入れ墨が見える。

三浦さんは時々リハビリ室の中に目をやった。

「おふくろじゃ、脳梗塞で丸二年過ぎた、お前は？」

「ウチも脳梗塞です」

三浦さんは車椅子の母に小さく会釈した。

「たまたま仕事を休んでおってのう、畑仕事に出たおふくろがしゃがんだまま立ち上がれんようになった。俺がおって良かったよ」

「三浦さーん、終わりましたよ」

リハビリ室から声がかかった。

三浦さんは訓練台の端に座っている母親のそばに車椅子を寄せると、屈んで両肩をつかまらせて抱き、車椅子に乗せた。母親を抱き上げて体を車椅子のほうに向けた時、私を見て苦笑いした。

「オヤコーコ」

細い鋭い目が優しそうに動いた。

それから時々、リハビリ室の待合で顔を合わせた。その度に鳶の仕事のことを威勢よく話した。三浦さんは高所鳶だった。関門大橋や紀伊半島の山あいの谷の陸橋の工事のことなどを自慢げに話した。

「関門大橋の工事は初めての高所作業で恐ろしかったが、海の向かいにおふくろがいる家がポチンと見えてな」

昔のことだけどな……といつも前置きをする。今はたまに地上の土方仕事をしているという。

たまたま店番をしている時に三浦さんが煙草を買いに来た。

番台への上がり端に腰をかけて、煙草を吸いながら、いろいろなことを話し始めた。母親の様子とリハビリのこと、家での介護のことなどをぼそぼそと話した。オムツ交換はプロ並みになったとか、母親の食べものに合わせて野菜をよく摂るようになって、自分の体調も良くなったとか、照れくさそうに言った。下の世話から炊事や洗濯までその様子が目に浮かぶ。私は聞いていて微笑ましく感じたが、いつものような威勢の良い口ぶりではない。母親の様子を聞いてみた。

「変わりない」

三浦さんはこう言って、フーッと煙を吐き出して続けた。

「順番が見えてきたら後悔することがいっぱい出てくる」

うつむき加減にボソッと言った。

「何の順番ですか?」

「死ぬる順番じゃ。所帯も持たんで長いあいだ家を空けて放蕩三昧、これから孝行尽くしても僅かなモンじゃ、もうまどえんけどのう」

そう言って、また煙を吐き出した。

三浦さんは還暦を過ぎたと言っていた。母親への、見た目に似つかわしくない優しさを感じた。誰かに話したかったのだと私は思った。

（十）

姉は相変わらず、電話で施設入所を勧めてくる。弟はまだ迷っている。妻は私が実家に住むことになるかも知れぬと薄々感じていたようだが、私の体を心配した。あの時のことが骨身に沁みているのだ。

最近も、県営住宅で十年近く舅の介護をしていた嫁が、くも膜下出血で亡くなった。妻に介護は無理だ。会社勤めを続けている。小さな会社なので休みを取るのも難しい。私の店での収入は会社員時代に較べると格段に不安定だ。家のローンの残債もまだある。子どもたちの進学も控えている。無理は言えない。体重三十七、八キロの母だが、麻痺で体幹に力が入らないと、思いのほかずっしりと重い。細身で華奢な妻に負担は掛けられない。それに煙草屋に同居していた頃、母との折り合いはあまり良くなかった。私に内緒で実家に帰ろうとしたこともある。時々は母寄りだと私を非難した。しこりは残っていた。

長く認知症の実母の面倒をみてきた妻の知り合いは、老人ホームに入れて楽になった、最初から入れた方が良いと、施設のパンフレットを妻に渡した。

煙草屋と私の店の先行きへの不安は募った。

ある日、哲夫さんが煙草を買いに寄った。幼馴染だ。と言っても年は私より三歳上。子どもの頃からよく遊んでもらった。二人兄妹、妹は長崎に嫁いでいる。中学校を卒業して小さな鉄工所に勤めている。

「おふくろさん、退院後はどうするのか」

「これから決める」

聞かれたので曖昧に笑って答えた。

「ここで看ることは出来んのか、自分で商売をしているのだからどうにでもなるだろう」

哲夫さんの母親のことを思い出す。

哲夫さんが母親の様子がおかしいことに気づいたのは、二十年前に父親ががんで亡くなって数年経った頃だ。突然、炊事が出来なくなった。洗濯機の前でウロウロする。仕事から戻るとガステーブルに真っ黒に焦げた鍋がある。冷蔵庫から出てきた何本もの醤油、箪笥からは同じような洋服が何着も。

「もうしないから勘弁してちょうだい」

ひどく叱るといつもこう言って泣いた。

病院で認知症と診断された。進行は早かった。近所の人の目にも不審に映ることが増えた。買い物に出かけて帰り道がわからなくなる。その度に駐在所や自治会のお世話になった。

哲夫さんの生活も荒み始める。夜中に何度も外に出ようとする。物音がする度に目が覚める。寝不足で遅刻したり仕事でミスをすることも増えた。

近くの老人保健施設に入院させた。しかし徘徊が頻繁になり追い出される。転院させても同じだった。結局、隣町の郊外にある精神病院に入れた。

ある日、仕事帰りに見舞ったときに、両手足を紐でベッドに括り付けられている母親を見た。

「連れて帰っておくれ」

母親は泣いて懇願した。

退院させた。それから四年間、自宅で面倒をみることになる。母親は家のことは何一つ出来なくなっていた。掃除、洗濯、炊事、何もかもが哲夫さんにのし掛かった。

哲夫さんは握り飯と漬物と魔法瓶の茶を置いて仕事に出た。長いロープを腰に繋いで、居間の鴨居に結わえて外から鍵をかけた。

残業で少し遅くなったある日、母親が消えた。裏の窓が開いていた。見かけた人はいない。自治会長の呼びかけで町内の人が手分けして近場を探した。駐在や地元の消防団も出て夜通し捜索したが見つからず、一週間ほどで打ち切られた。

早朝にＪＲ支線の線路脇の土手や海岸べり、小学校の近くの堤、そこから裏山に続く山道付近で哲夫さんの姿が見かけられた。

一年を過ぎた頃に母親は見つかる。哲夫さんの家の裏手の小高い藪林の先、急な土手の下に休耕地の角地がある。近所の農家の年寄りが発見した。萱や雑草が深く生い茂った場所でうつ伏せで泥に埋まっていた。

「最近になってあの頃をよく思い出す」

哲夫さんは店の土間の椅子に座って煙草を取り出した。

「ウロウロしようと表に出たいと騒ごうと、俺が誰か分からんようになっとっても看んわけにはいかん、おふくろやけの」

煙草に火を点けて続けた。

「可哀想な死なせ方をさせてしもうたが、最近になって、おふくろは実は幸せだったのかなあと思うことがある」

煙を吐き出して言った。

「昼ご飯美味しかったよ」

仕事から戻ると、母親はいつもこう言って哲夫さんに手を合わせたという。

「何回やめれ言うても拝むんじゃ、毎日が地獄じゃとばかり思うとったが、おふくろにとって俺は仏様だったんじゃ」

鼻を啜って笑った。

煙草を買いに来て、母につい愚痴ることも多かったらしい。そのたびに母に励まされたという。

「親の面倒見るのは順繰りなんだから、哲ちゃん、頑張らんとね」

「ま、俺は独り者だから順繰りもないけどな」

哲夫さんは椅子から立ち上がって言った。

「よう考えて決めちゃれや。さっきの話は誰にも喋ったことはないから誰にも言うなよ」

哲夫さんはこう言い残して店を出た。

（十一）

「一体どうするの？」

埼玉から見舞いに帰った姉はまた言った。

「まだ考えていない」

「私もそんなに度々こっちに帰れるわけじゃないから、今言っておくよ」

施設入所をまた勧めた。

「おふくろの気持ちを確かめてから」

「土壇場になったら決めにくくなるものよ、気持ちを聞けば帰りたいと言うに決まっている」

私たち夫婦が母の生活と店の仕事を支えてきたこと、それが大変だと知っているから言っているというのはよくわかる。

退院して煙草屋での生活に戻ることを目標に、懸命にリハビリに励む母をずっと見てきた。姉はたまにしか見ていない。

空港に送る車中で姉が言った。

「今以上に負担を背負わないで欲しいの。今までより手がかかるのは目に見えている、それに夜間は別居になるのよ」

姉を見送って煙草屋に戻ると、谷口のおばさんがやって来た。

おばさんは母の女学校の二年後輩で、昔から母のことを姉さんと呼ぶ。姉を送ってきたところだと言うと、会いたかったのにと残念がった。

谷口のおばさんは炭鉱のあった時代から、子ども会や婦人会の世話役をしていた。今は老人クラブの副会長だが、今でも婦人部長っぽく若い人たちにあれこれ口を出しているらしい。

母の見舞いの帰りだと言った。突然怒ったように切り出した。

「どうする気かね。あんたが悩んでいる気持ちもわかるけど、子どもに気兼ねするなんて姉さんが可哀想だ」

「さっきまで姉とも相談してた」

相談ではなかった。一方的に言い募る姉の話を聞いていただけだ。

「老人ホームだって今は入所待ちの人が多いのよ、入れるなら入れるで早く手続きだけでもしておかないとダメだよ」

暗に家でなんとか看られないのかと言っているような口ぶりだった。

「早く姉さんと話しなさい、姉さんは自分からは言い出さないと思うよ」

おばさんはこう言って店を出た。実際、母は言わないと思う。

姉や谷口のおばさんに言われたからではなく、その頃には、私は、古本屋を何とか続けながら母を在宅で介護できないかと考え始めていた。母の退院まで一ヶ月を切っていた。

数日後、三浦さんの車が店の前に停まった。大きなビニール袋を抱えて出てきた。袋の中からオムツのパックを三個取り出して、店の上がり端に並べた。

「おふくろが死んだ、葬式も済ませた」

三浦さんはこう言って、ぼんやりと何処を見るでもなく店の中を見まわした。

「ひと晩で逝ってしもうた」

とボソッと言った。近くの店に買い物に出たほんのちょっとの間に、食べ物が気管に入り誤嚥性肺炎を起こしたという。

「オムツ使うてくれ、封も切っとらん、背丈も同じくらいやろ」

三浦さんはオムツを私の方に滑らせた。

私も三浦さんもしばらく黙って煙草をふかした。

母の退院後のことを三浦さんが聞いた。まだ考えていると答えた。

「ま、どっちにしろオムツは要るやろ」

立ち上がると溜め息交じりに言った。

「やっぱり、まどえんかったのう」

三浦さんはチッと舌打ちした。そして私に背を向けたまま手を振って店を出た。肩が落ちているように見えた。

一週間後、私は店の棚から、わかばを三ボールほどビニール袋に入れて煙草屋を出た。

海沿いに西に車を走らせた。海岸線が大きく左にカーブするあたりに車を停めて、山手のほうに目を走らせた。かつて炭鉱住宅が立ち並んでいた坂の海岸寄りには、魚網会社やポリ袋の製造工場が誘致されている。母が働いた水産加工場の屋根も見える。山寄りの炭住の跡地は工場誘致用に整地されたままだ。雑草が茂っている。奥に段々土手がある。そこにへばり付くように三棟ほどの昔の炭鉱住宅がある。そこに続く狭い道に車を進め、道の右側の食料品店の駐車場に停めた。

店のおばさんに三浦さんの家を尋ねた。一軒の家を指差して言った。

「いないよ、三、四日仕事に出るからと今朝早く出かけた。ノボルさんの知り合いかね？」

「ええ、まあ、病院でちょっと世話になって、また寄ってみます」

立ち上がりかけるとおばさんが喋り始めた。

「ミツヨさんが倒れたとき、たまたまノボルさんが帰ってきていてね、よかったよ。何年も見んかったのにねぇ」

おばさんは三浦さんの家の前の畑を指した。

「あそこで草取りしてたんだけど、座ったまま動かなくなって、おかしいと思って駆けつけたら腰が立たん言うて。すぐにノボルさんを呼んで救急車で病院に連れて行ったのよ、脳梗塞だったんだって」

早く見つかって良かったって医者が言ってたよ。おばさんは発見したことを自慢げに言った。

「だけどね、ノボルさんがあんなに甲斐甲斐しく面倒みるなんて、あたしゃ信じられんかったよ。この辺りじゃ昔から有名なワルで、手を焼かせたってもんじゃなかったんだから。ミツヨさん何べん泣いたかね」

おばさんは少し声を落としてそう言った。

「病院ではお母さんには優しかったですよ」

「よっぽど反省したんじゃろうね、でないとミツヨさん浮かばれんかったよ」さらに続けた。

「帰ってきた時、そりゃあ喜んでね、ノボルはこれからは地元で働くと言いよるってね」

おばさんは母親が退院して戻った後の三浦さんの変わりように驚いたと言った。

「母ちゃんはどんなモンをよう買いに来たかとか、特に好きなモンは何かちゅうて買っていったり」

ある時、買い物に来たとき聞いてみたと言った。

「あんた酒やめたんか？　ってね。そしたらね、酔うて寝込んで、かあちゃんが夜中に何べんもワシを呼んだのに起きんで、しくじらせたことが何回もあっての、やめた。って言うじゃない。へぇー変われば変わるもんだと感心したね」

店で客の声がした、おばさんはそそくさと店へ戻った。店の客と又なにか別の話題で話がはずんでいた。

とりあえず煙草だけは置いておこうと家に向かった。

一番奥の棟割長屋の手前半軒が三浦さんの家で、あと半軒は空き家になっている。鍵はかかっていなかった。戸を開けて入った。奥のガラス窓から夕陽が差し込んでいる。

土間に女もののつっかけと工事用の安全靴、右側の壁にはヘルメットや安全ベルトやロープが吊るされ、その下に工具袋などが積まれている。

居間は狭い。部屋の隅にポータブルトイレが置いてある。鴨居には母親のちゃんちゃんこやオーバー、介護用のエプロンやタオルケットなどが掛けてある。甲斐甲斐しく世話をする三浦さんを想像する。

壁際の木箱の上に小さな仏壇があり、白木の箱が置いてある。一枚のモノクロ写真が額縁もなく立ててある。

上がり口近くの卓袱台に、出がけに書いたお礼の手紙を添えて煙草を置き、海岸の方に向かった。

家の横手に雑草の繁みがあり、その中に細い道の跡が残っていた。人の行き来がしばらくなかったのか所々道が消えていた。坂道になりそのまま下りると海岸に出た。海岸といっても以前のような波打ち際ではなく、道路沿いに腰の高さほどの堤防が続き、海側は三メートルくらい下の砂浜からコンクリート壁が立ち上がっている。波打ち際はその少し先にあった。

堤防に腰掛けて海を眺めた。沖に二隻の大型タンカーがゆっくりと西に進み、近くを三隻の漁船が、海岸線をまわり込んだところにある漁港に向かって波を切っていた。海は穏やかで、向かいに見える九州の山の端に沈もうとしている夕陽の帯が水面に長くのびて、波打ち際まで次第に赤く染まり始めていた。

タンカーの行く手に、遠く関門海峡が見え関門大橋も見えた。ちょうどその時、吊り橋を支えるケーブルと道路の照明が点灯した。

堤防を下りて振り向くと、西陽に射されて三浦さんの家のガラス窓が光って見えた。

母親はあの窓辺に立って、この海のずっと先に見える関門大橋をいつも眺めて、三浦さんのことを思っていたのだとふと思った。

二度目に三浦さんと母親に病院で会った日の、ある光景を思い出した。

リハビリを終えて訓練台の端に座っていた母親が、三浦さんを見上げて背伸びするように両手を伸ばした。まるで父親に抱っこをねだる幼児のように見えた。そして母親を抱くように引き寄せた三浦さんはひどく優しかった。

もう一度、三浦さんの家に引き返した。オムツ、ありがとうございました、と書いた手紙に、追伸・母を煙草屋で看ようと思います、と書き加えた。

翌朝、古本屋に出る前に病院に寄って、退院したら煙草屋に連れて帰る、と伝えた。母はうとうとしていたのだろうか、最初ぼんやりと私を見た。それからパッと目を開いて、手もみをして喜んだ。

（十二）

古本屋の移転の準備を始めた。市内に借りていた倉庫に店の本を移して書庫にする。店売りをやめて、煙草屋の番台近くにパソコンをセットして、通信販売のみに絞って営業を続けることにする。

母は同じ病院のデイケア施設に通うことになった。これだと夜間や休日もそばで介護出来る。煙草屋で受注し、翌日の午後、母がデイケアから帰るまでに書庫に注文品を取りに行き、戻って発送業務をする。時間の差配も自由だ。しかし営業的にはリスクは大きい。不安は残っていた。

「体だけは無理しないでね、出来るだけのことはするから」

妻はそう言ってくれた。

母は退院して再び煙草屋で生活し始めた。

最初の半年、週に三日、午前中にリハビリに連れて行った。リハビリを終えるとデイケア施設で母を降ろす。

煙草屋から病院に行く途中、JR支線の駅ホームの向かい側の高台に公民館がある。その前庭に大きな桜の木が二本植えられている。下を走っている道路の上にまで伸びるほどの枝ぶりである。四月中旬、そこを通りかかった時、母が言った。

「桜だよ」

よく見えるようにと少し手前で車を停めた。フロントガラスから二人で見上げた。窓を開けると、花びらが母の肩あたりに舞って落ちた。母は手をたたいて喜んだ。

「お花見なんて何十年ぶりかねえ」

桜を見上げて言った。

小学校の裏山の頂上は公園になっており、南斜面は桜の名所だ。今でも毎年、桜まつりが開かれる。私は弟を連れて、よく山に登った。友達と桜の木立の間を駆け回って、かくれんぼや鬼ごっこをして遊んだ。やがて、あちらこちらで弁当を広げて食事が始まる。酒に酔った大人たちは、男も女も、いつも炭坑節を歌って踊った。その頃には、私は弟を連れて山を下る。

小学校四年生の春休み、店の前を風呂敷に包んだ弁当とゴザを持って、花見に行く家族連れがたくさん通った。子どもたちは店でお菓子を買って駆けて行く。友達も手を振って通り過ぎる。

「お花見に行こうか」

私と弟は飛び上がって喜んだ。母と一緒に行くことが何よりも嬉しかったのだ。働き詰めの母が店を空けることは滅多になかった。祖母はチョコレートとバナナを私たちに持たせた。母はおむすびを握り、店で売っているタクワンと佃煮を何品か重箱に詰めた。巻き寿司も稲荷寿司もない質素な弁当だった。なぜ、母が急に行こうと言い出したのかはわからなかった。とにかく嬉しかったのを覚えている。

それ以来、母と花見に行った記憶はない。子どもたちが幼い頃、何度か出かけたが、母はいつもこう言って一人で店番をしていた。

「楽しんでおいで」

それから通院のたびに、リハビリの予約時間まで二人で桜を眺めた。四十五年ぶりの花見だった。

やがて葉桜の季節になる。母の症状は固定し、リハビリに通うこともなくなった。平日は朝八時にデイケアの送迎車に乗せる。そして夕方五時に帰宅する。母を支える日々が続く。

土日の朝晩の食事は妻が作って運んでくれる。平日は私が作った。旨いかどうかもわからぬ素人料理だったが、母は美味しそうに食べてくれた。不味い時には、少しばかり口にして言ったものだ。

「お腹が空いていない」

煙草屋とクリーニングの取次をどうしようかと迷った。父が亡くなったあと、祖母と母、やがて母一人で守ってきた店だ。私たち姉弟三人の成長を支えた店だ。すぐにやめることには抵抗があった。母も望まないと思った。煙草販売だけを続けることにした。

しかし数年後には廃業することになる。自動販売機に成人認証のタスポカードが導入され、コンビニやスーパーでの煙草販売が解禁された。売上は激減した。結局、やめざるを得なくなる。母は寂しそうに言ったものだ。

「煙草は体に良くないからねえ」

自分なりの気持ちの落としどころ、踏ん切りの付け方だったのだと思う。

（十三）

九年前に実家での母の介護を選択したとき、私の背中を強く押したのは、三浦さんと哲夫さんの優しさだった。三浦さんは三年、哲夫さんは四年、献身的に介護し続けた。その時は二人のように頑張れると思った。

しかし実際の介護は私の想像をはるかに超えるものだった。朝は戦場だ。食事をさせ、ポータブルトイレで排泄を済ませてオムツ交換、着替えさせて車椅子に乗せて、店の土間で送迎車を待つ。夜中に何度も起こされる。オムツを替えてやり、褥瘡予防の体位変換をする、そのたびに母は言う。

「すまんね、ありがとう」

この九年間に私の生活は激変した。

妻や子どもたちと過ごす時間は極端に減った。母が寝入ってから二時間ほど帰宅する。その日のお互いの出来事や母の様子、子どものことなどを話しても、話題はすぐに尽きてしまう。見えない溝は少しずつ広がっているように思えた。

そんな生活が続くなか、長男は京都の私立大学を卒業して東京の印刷会社に、次男は調理専門学校を卒業して京都の料亭に、それぞれ就職していた。

友人との飲み会などの付き合いも減った。気を遣ったのかどうか、やがて誘われなくなった。

遠方からの仕入れ、宅買いが入っても断ることが増えた。福岡で月に二回開かれる古本の市会にも参加出来なくなる。代わり映えのしない書棚がくすんで見えた。

夜間の介護は孤独で、慣れても不安はつきまとい心身の休まる間はない。十年目に母が老人ホームに入所し、妻との生活や友人との付き合いは再び元に戻るのだが……。

私と同様に在宅で介護をしている人、してきた人が、まわりに意外と沢山いることも知った。私は自営業だからこそ可能だったのだが、勤め人ではそう簡単にはいかない。子どもたちの諍いの原因にさえなる。

（十四）

介護を始めて六年目、還暦間近の私に衝撃的な出来事が起こる。それは母の寝言から始まった。

母はよく寝言を言い夢を見た。祖母の名前を呼ぶことが多い。

「今ここに来てた人は誰かね」

夜中に目を覚まして周りを見まわしたりした。

「夕べはばあちゃんは来たかね」

「来たよ」

こんな会話もよくした。母は嬉しそうに笑う。

ある日の夜中、それは聞きなれない寝言だった。

「イクコ姉ちゃん、イクコ姉ちゃん……」

見ると泣き顔でさかんに呼びかけている。聞いたこともない名前だ。聞き返す間もなく寝入ってしまった。

その日の明け方、再び寝言が聞こえた。これまでになく早口で声が大きい。起きて、何と言ったのかと聞いた。半分眠ったような状態で繰り返した。

「どこの誰ともわからん女に子どもを生ませてから……」

今度ははっきりと聞こえた。母はまた眠り込んだ。一体何のことだろう、夢を見ているにしても衝撃的な言葉だ。何よりもその口調の激しさに驚いた。

翌朝、顔を拭いてやりながら聞いてみた。

「そんな寝言を言ったかね」

母は驚き、それから一瞬顔を曇らせた。そして黙り込んだ。

数日後、母がデイケアに行っている時に、正子おばさんから電話が入った。主人が亡くなったのだと伝えてきた。

正子おばさんは母の父方の従姉で、県東部に嫁いでいる。私は正子おばさん以外に祖父方の親戚は知らない。九十四歳になる。元気でいつも電話で母と長々と話していた。

デイケアから帰ってきた母に伝えた。母は電話でお悔やみを伝えた。電話中、私は夕食の仕度で台所に立っていた。戻ると母は慌てて電話を切った。

「葬式に行ってくれるか」

深刻そうな表情で私に言った。

翌日、葬儀に参列した。精進落としもお開きになる頃、正子おばさんが私を呼んで言った。

「寝言を言ったんだってね」

あの時、母が電話で伝えていたのだ。

「自分で言うのは辛かったんだろうね、私から話してくれって」

正子おばさんが話し始めた。

祖父は広島県北部の山間部の旧家の本家の長男で職業軍人だった。母が生まれた頃には既に退役して、在郷軍人会の世話役をしていた。ある日、祖父は一歳になったばかりの母を連れて家に戻った。母は祖父が歳をとってから外で産ませた子どもだった。イクコさんは母とは腹を違えた末娘で、正子おばさんと同い年だった。

親戚中で大騒動になった。何度も親族会議が持たれた。養女に出せとか、孤児院に入れろとか、分家は家督の問題を本家に突きつけたともいう。本家の三男、正子おばさんの父親は帰ってくると祖父を激しく罵った。よく覚えていると言った。祖父は一貫して受け入れなかった。お家騒動はそれから二年近く続いた。その間、祖父の妻は母の育児を拒み続けた。イクコさんだけが母を可愛がった。ミルクを飲ませたりオムツを替えたり、おぶってあやしたり、よく面倒をみたという。

祖父は実の母親についてはひと言も漏らさなかったらしい。尾道の人で、産後の肥立ちが悪く、長く床についたままそのうちに亡くなったという。ずっと後に祖父から聞いたと、正子おばさんは言った。母には伝えていないらしい。結局、家督は二男が継ぐことになる。祖父は分家として同じ郷に暮らすことを望んだが、曾祖父のひと言で出奔する。

「恥さらしじゃ。この子を孫として可愛がることは出来ん」

同じ頃、イクコさんは結核に罹り、数年後に亡くなる。祖父の妻は実家に戻った。

祖父は母を連れて瀬戸内海沿いの町に移り住んだ。軍人恩給で生活し母を育てる。

母は三歳になったばかりだった。

ある日、一人の女が乳飲み子を抱えて祖父の元にやって来る。煙草屋の祖母と叔母だった。祖母が母の義母であり、四歳違いの叔母とは異母姉妹なのだと言った。初めて知った。

ここまで話して正子おばさんは溜め息をついて、しばらく黙った。それから少し怒ったように言った。

「あんたのお母さんには何の罪もない、じいちゃんは不徳の人だ」

さらに続けた。

「ついでだけどね、女癖も悪かったんだよ」

それからのことは母から聞かされていた。

祖父は母が十一歳の時に脳卒中で倒れ、やがて亡くなった。祖母は実家のあるこの町に二人を連れて、親戚を頼って引っ越した。漁師をしていた祖母の従兄の仲介で魚市場から魚を仕入れ、リヤカーを引き行商で糊口を凌いだ。やがて親戚の世話で炭鉱町の一角に小さな店を持って食料品を売り始めた。戦前のことだ。

正子おばさんに聞いてみた。

「おふくろは自分の出自をいつごろ知ったの？　おやじは知っていたの？」

「女学校に入学した頃にばあちゃんから聞かされたはずだよ。お父さんはもちろん知っていたよ」


思春期の母が強い衝撃を受けたことは容易に想像できる。

ひどく疲れた。帰りの列車の車窓を眺めながら、頭は混乱していた。

生まれて一年足らずで実母と死別、三歳でイクコさんと別れ、十一歳で父親と死別、三十二歳で夫と死別、育ててくれた義母とも死別する……山間部を走る列車の車窓に街灯が次々と走り去る。


イクコさんに手を引かれてヨチヨチ歩く幼い母の姿や、父親の膝に抱かれて列車に揺られる三歳の母の様子が目に浮かぶ。街灯の光が滲んだ。

出自を知ってから七十年もの間、気持ちを潜めて決して表に出さず、抱え込んできた母の寂寥と孤独、その部分だけがひっそりと澱んでいる心の奥底に、直に触れてしまった気がする。列車の振動に眠気がやってきた。

夜九時過ぎに煙草屋に帰って妻と交代した。母はテレビを観ていた。

葬儀の様子を伝えた。

「聞いたかね……」

母が私を見た。ただ頷いた。母はあとは何も言わずに毛布を顔に引き寄せた。

風呂に入り湯船に浸かって、正子おばさんの話を反芻した。

介護していなければ、知ることのなかった母の人生があった。向き合おう、受けとめてあげようと思った。この先何年続くか判らない母の生に寄り添うことになる。

ずっと後のこと、一度だけ母に、祖父と実母のことをどう思っているかと聞いたことがある。しばらく考え込んでいた母はこう言った。

「お父さんとばあちゃんが居てくれた」

この前後、私は体調に不安を抱えていた。実際のところ、慣れてきたとはいえ介護は思っていた以上にしんどい。仕事の手を抜くことも出来ない。ストレスと慢性的な睡眠不足で、狭心症の再発を恐れた。老人ホームへの入所のことが絶えず頭にちらついていた。

しかし私には今、新しい決意が必要なのだと振り払って考え直す。母をここで看続けよう……ジャブジャブと顔を洗って風呂からあがった。

（十五）

ある日、夕食後に母は何か物思いに沈んでいた。顔色も良くなかった。

「具合でも悪いのか？」

「もう一つ話しておきたいことがある」

母は思いつめたように私を見た。それから消え入るような声で言った。

「お父さんが死んだのはウチのせいだ」

あの日、入院した日の午後から検査が始まった。息をするにも苦しそうな父を脇で支えて、いくつもの検査室を行ったり来たりした。父は病室に戻るとくたびれ果てたように眠った。一日あけて三日目も検査、検査の連続だった。父はその日の夜中に発熱した。母はひと晩じゅう氷嚢の氷を替え、手をさすり続けた。明け方、氷が欲しいと言う父に、氷嚢用の氷をかち割って一つ手渡した。父は嬉しそうに口に入れた。直後に父はゴロゴロと喉を鳴らして白目を剝いて苦しみ始めた。誤嚥だった。詰所に走った。医師や看護婦が慌ただしく出入りした。やがてこと切れた。

「ベッドの周りで立って見ているしかなかった、手も握ってあげられなかった、あのとき氷を渡さなければよかった」

辛そうに言って口を押さえた。

遺体の死後処置には気分が悪くなるほど腹が立ったという。

体液の漏出を防ぐために、遺体の穴という穴に脱脂綿を詰める。古株らしい看護婦が、肛門に詰めていた若い看護婦を叱った。

「もっと奥まで入るでしょ！」

「丁寧にしてちょうだいと頼んだけれど聞いてもらえなかった」

悔しそうな表情を浮かべた。

「今まで誰にも言えなかった……」

小さな声で言って目に涙を溜めた。嗚咽は長く続いた。タオルを渡すと、不自由な手で何度も顔を拭った。

父が家に帰ってきた日と、祖母が亡くなった時の、母の様子とあの怯えの理由がわかった。脳梗塞で入院になった当初、母は何日間も言い募った。

「病院は嫌だ、連れて帰ってくれ、帰りたい」

医大での出来事は母の心に深い傷跡を残していた。

父の月命日、母は元気な頃は仏壇の前にかしこまって、在宅で療養するようになってからはベッドの頭を起こして仏壇の方を向いて、一度も欠かさず長いあいだ、本当に長いあいだ目を閉じて手を合わせた。長いのは単なる習いだと思っていた。そうではなかったのだ。父への赦しを込めた祈りで心を静めていたのだ。その日が来るとベッドからいつも言う。

「数珠とっておくれ」

母は人生のほとんどの期間、私生児であることと父の死にまつわる消えることのなかった記憶を、何もかも吐き出して胸のつかえが取れたのだろう。泣き声は次第に細くなり、やがて眠り込んでしまった。

母は孤独、後悔や呵責という重荷から、ようやく解き放たれたのだろうか。穏やかに寝息をたてる母を見つめた。

「頼んだぞ、約束だ」

父の声が頭の中で聞こえたような気がした。

その時、私は初めて、母をここで看取ってあげられないかと真剣に考えた。

在宅での療養中、私は母から二つのことを頼まれたような気がした。実際に言葉を交わしたわけではない。

母と二人でテレビドラマを見ていた。主人公は末期の肺がんで肺炎を併発して苦しんでいた。ドラマ後半で意識がなくなりレスピレーターが装着された。「こんなのは嫌じゃねえ」

母は呟くように言った。

もう一つ、主人公が亡くなり家族だけの葬儀の場面ではこう言った。

「こぢんまりした葬式もいいものだねえ、あんたたちだけでいいよ」

無意識に言っただけかも知れない。私は胸に留めた。

同じ頃、母に認知症の症状が出始めた。張りつめていた気持ちの箍がほどけたように進行は速かった。聞いては忘れ、見ては忘れ、不確かな記憶の谷間を浮遊しているように思えた。母は何もかも忘れた方が良いのかも知れないとも思った。

母が在宅になってから、姉や弟は私のいっときの休息のために、月交代で二、三日ずつ、母の世話をするために帰ってきた。弟に仕事の方は大丈夫かと聞いた。弟は言った。

「これから十年続くとして月に三日戻ってきても、一緒に居られる時間は一年にも満たないんだよねえ」

ある晩、母がポツリと言ったことがある。

「今が一番幸せ……」

これだけ体が不自由になって幸せもないものだと思った。

「家族がみんな来てくれるから」

母はそう言うと目を潤ませた。

（十六）

二月、母の在宅での介護が九年になろうかという頃、恐れていたことが起こった。狭心症には用心をしていた。ある日、突然、血圧が上がった。心拍数も上がった。さらに神経性抑うつ症の病状が出始めた。このところの気分の落ち込みや不眠、頭痛や昼間の眠気が、あの時の初期の症状に似ていた。これまで多少体調が悪くても何とかやってきたが、今回ばかりはもう限界かも知れないと思った。かかりつけの医師からは、強い口調で言われた。

「今すぐ在宅での介護をやめるように。とりあえずショートステイに入れてでも、そうしてください」

体調は最悪だった。頭痛は続き、時々は吐き気を覚えた。ケアマネージャーさんに施設への入所の相談をした。運よく認知症対応の小規模老人ホームに空きがあった。

母に伝えようとしていた矢先、母の方から切り出された。

最近、体調を崩した私を見る目に怯えの色が宿り、自分のせいだと思い込んでいるふしがあった。施設入所の相談をしていることに薄々感づいていたのかも知れない。夕食後、ベッドの上で母は何か考えごとでもしているのか、上を見つめていた。突然、天井を見つめたまま言った。

「何の病気かね」

「狭心症とうつ病が再発しているのかも知れない」

狭心症という言葉を聞いて、母は眉間を寄せて黙り込んだ。父のことを思い出したのだろう。

しばらくして母が尋ねた。

「世話になり始めて何年になるかねえ」

「丸九年が過ぎた」

すると母は私の目を見てこう言った。

「もうええよ、よう看てくれたね、ありがとうね、ウチはどこにでも入るよ」

落ち着いた静かな口調だった。認知症で考えていることさえおぼつかなく思えてい思う。

た。母の必死の親心だったのだろう。私の病気を気遣い、逆縁を避けたかったのだと

「ありがとう、手続きするよ」

その夜は寝付かれなかった。多分、母も。

入所の日の朝、母は心配そうに口にした。

「どんなところかねえ」

二日前に見学に行ったばかりなのに。その時、老人ホームの玄関の自動ドアの前で、

母は車椅子から不安げに何度も私を見上げた。肘掛けを握る右手がぶるぶると震えて

いる。病院と勘違いしているのか、やはりひどく怯えた。

冷え込んでいた。小雪もちらつき始めた。オーバーを着せてベッドから車椅子に移

乗させ、奥の仏間に連れて行った。仏壇に灯をともし線香を立てた。

「父さんとばあちゃんをよく拝んで」

「じいちゃんも」

数珠を渡すとこう言って不器用に手を合わせた。並んで拝んだ。

「そろそろ行こうかね」

立ち上がって足が止まった。母は手を合わせたまま俯いて、「えーん、えーん」と子どものように小さな声をあげて泣いていた。大粒の涙がポロポロとひざ掛けに落ちている。胸が締めつけられた。間際まで我慢してきた気持ちが切れてしまったのか、ただ悲しそうに泣き続けた。黙って見つめるしかなかった。

送迎車が坂を上がってくるのが見えた。母に伝えた。

「私の病気が良くなったら必ず連れて帰るからね」

朝から初めて母が少し笑った。

施設の車椅子に乗り換えた。母はさっきまで泣いていたことなど忘れたように、手を振ってリフトで車に乗り込んだ。送迎車は坂道を小学校の方に走り始めた。あの日と同じだ。送迎車が滲んだ。坂を越えて見えなくなるまで見送った。

翌日、介護用ベッドとサイドテーブルが撤去され、車椅子もなくなった。部屋の隅のポータブルトイレと母専用の椅子がポツンと残った。

九年ぶりに自宅に戻り、数日間仕事を休んだ。私は夜昼なく眠り続けた。

妻に母のこと、私生児だったことを話した。妻は言った。

「思春期だもの、きっと辛かったよね」

医大での父の死のことも話した。初めて聞かされた母の話に、妻はショックを隠さなかった。

「そんなこともあったの……お母さん、長い間ずっと苦しかったんだね」

父は母の出自も知っていたと、正子おばさんは言った。母は父と一緒になってから心の平穏を手にしていたのだと思う。父が帰ってきた日のあの取り乱し方には、引き戻されそうな怯えもあったのかも知れない。

「そんな風に思えるんだ」

妻は私に言った。

「私たちがいるじゃない」

私は一日おきに施設を訪れた。母が再び寂しくならないように。顔を出すと喜んで、まず、煙草は売れているかと聞き、それから色々なことを話しかけてくる。そして次に訪ねた時も同じことを聞く。

話題が途切れた時には、いろはかるたで間を持たせる。

「犬も歩けば」「棒に当たる」「泣きっ面に」「蜂」……。

「かるたゲームではいつも一番ですよ」

そばから介護士さんが言うと母は自慢そうに私を見上げる。

「屁をひって」「尻つぼめ」

この段では母は毎回声をあげて笑った。

こうして訪ね続けても、私と母のほんの短い現実は、すぐにおぼろ気なまだら模様の片鱗になって、パラパラと記憶の海に沈んでいくのかも知れない。心の底に秘め続けた孤独や呵責を、あれこれの新しい記憶で少しずつ糊塗する日々を繰り返すのだろう。

私が介護した九年間のことを、時々は思い出すのだろうか。やがて自分の居る場所もそこに居るわけもよく判らないままに、静かに歳を重ねてゆくのだろう。

母の微熱が続いた。往診医から腎臓の検査を勧められ、労災病院でＣＴ検査を受けた。診察室で医師は左の腎臓全体に大きな結石があると画像を指差した。

「高齢だし手術はしない方が良いでしょう、微熱を繰り返しながら徐々にということですね」

「はい」

そばで車椅子に乗って聞いていた母は大きな声で返事をした。

母はやがて逝くのだと初めて実感した。この日から私は母の死出の旅に寄り添うことになる。

母は入所中に一度、風邪をこじらせて肺炎に罹った。いったん病院に移された。もうダメだろうと姉弟にも連絡したが、奇跡的に回復した。必ず連れて帰るとの私との約束、帰りたい一心がもたらした生命力だったのだろう。妻は喜んだ。

「お母さん、ダイ・ハードだ」

ホームを訪ねると、私はいつも帰り際に母の頭を撫でてやる。すると恥ずかしそうに俯いて笑う。

（十七）

　母が入所して最初のゴールデンウィーク、息子たちが帰ってきた。外泊を願い出て一泊二日で母を家に迎えた。倒れるまでに何度も来ているのに、母は珍しそうに部屋を眺めまわした。そのうちに落ち着いたのか、母は認知症が治ったかと思えるほど正気だった。久しぶりの孫たちとの時間に母は喜んだ。

　長男はすでに結婚しており、九月には子どもも生まれる。次男はまだ独身だ。妻の手料理に舌鼓をうち、二人はよく飲んだ。母は料理には少し手をつけただけで、あとはニコニコして私たちの団欒を見ている。

　長男が私に聞いた。

「おじいちゃんはどんな人だったの？」

　耳に入っていなかった。私は、父もこうして私や弟と一緒に酒を飲み交わす時が来ることを楽しみにしていたのかなあと、取りとめもなく考えていたのだ。

長男の問いに母が答えた。

「病気がちだったけど本当に優しい人だったよ、私にも子どもにも」

父に叱られた記憶は私にはない。

母の昔の記憶は驚くほど鮮明だった。

父の趣味がカメラだったことも初めて知った。炭鉱の写真クラブに入っていたという。私と弟が海岸の砂浜で相撲を取っている大判の写真がある。今もがらんどうになった店の壁に掛かっている。額縁はくすみ写真は茶色く変色している。

「あれは何かの賞を貰ったんだよ。あんたたちの相撲じゃなくて、後ろの伝馬船の縁に腰かけている何人かの下駄ばきの足が評判良かったんだって」

あれこれと思い出しては、断片的に脈絡もなく話し続けた。私の知らない父が何人もいた。その度に、へえ、と驚いた。次男が私に聞いた。

「お父さんは覚えていないの？」

話して聞かそうにも、父の記憶は、入院中のこととあの雪の日のことははっきり覚えているが、あとは希薄だ。父はどんな遊びで私をかまってくれたのか、怖い話以外にどんな話をしてくれたのか、記憶はどれも曖昧だ。何か思い出そうとしていたら、不意にある記憶が甦った。

はっきりと父の顔を思い出す出来事があった。

「中学三年生の二月に父を見たことがある」

「えっ？　死んでるじゃん、幽霊を見たの」

二人が口を揃えて身を乗り出した。

居間の炬燵で高校受験の勉強をしていた。掘り炬燵で中には練炭コンロが入っている。うとうとしたのだろう。仰向いて寝ていた。頭の上は廊下と台所との間仕切りの障子、右側に廊下を行くと風呂場と便所がある。そして左側は台所を通ってすぐに店との壁になる。最初、巻き上げ機のゴオンゴオンという音が聞こえた。誰かが廊下を走ってくる。風呂場の方から頭の上を通って走り去る。トントントントンと引き返してくる。何往復もした。ハッと気が付いた。壁を抜けて店の方まで走って行っている。左側の廊下はあんなに長くないのに変だなと思った。やがて足音が頭の上で止まった。目を開いて障子の方を見あげた。障子が音もなく開いた。私の顔の上に誰かの顔が頭の方からぬうっと入ってきて、私の顔と三十センチくらいのところで止まった。父だった。顔が逆向きなので表情はよくわからない。私の目を覗き込んでいた。ハッと父は死んでいるはずだと気づいた途端に、大声を出したように思う。突然、金縛りにあった。後は覚えていない。

気がつくと森川病院のベッドで点滴を受けていた。母がそばで心配そうに見ていた。炬燵布団を顔まで引き上げて寝ていて、一酸化炭素中毒をおこしていたのだ。あのまま朝まで眠り込んでいたら死んでいたかも知れなかったと、森川先生が言っていたらしい。

「夜中に大声が聞こえたので、出てみたらゲーゲー吐いていたんだよ」

二日で退院になった。その夜、私は父が出てきたことを話した。母と祖母は、父が守ってくれたのだと、泣いて仏壇を拝んだ。

他に話せることは何もないように思えた。

ほぼ父親のいない家庭で育った私は、父親として子どもたちにどう接すればよいのか戸惑うことが多かった。子どもの頃、友達の家で遊んでいても、父親が帰宅すると逃げるように一目散に帰った。お手本はない。叔父は参考にはならなかった。父親像を描けず想像も出来なかった。わからないままに、がむしゃらに働くことで、自分なりに家族を守り家庭を作ろうとしていたのだと思う。会社員時代、休みも取らず、帰宅はいつも子どもたちが寝静まった夜中、途中のスーパーでお菓子を買って。そして朝は早々と出勤する。ある時期まで長男は妻にいつも聞いていたという。

「今日もお菓子のおじちゃんは来るの？」

二人は連休半ばまで家で過ごして帰った。帰る前に施設に寄ったが、母は不思議そうに二人を見つめた。二人はショックを受けていた。

（十八）

母が入所した日、私はケアマネージャーさんに二つのことをお願いしていた。

具合が悪くなった時、病院に移送して万が一そうせざるを得ない状態になっても、延命措置はしないこと。自然に衰弱していった場合、どこかの時点で実家に移すこと。ケアマネージャーさんは言った。

「出来るだけ希望に沿えるように施設側と相談します」

その日は意外に早くやって来た。九月十日のことだった。

その頃、母は昼も夜も眠り続け、食事はほとんど摂取できず、綿棒に浸したカロリー飲料を少し口にするばかりになっていた。点滴が開始された。往診の医師から告げられた。

「このままの状態が続けばあと二週間くらいかも……」

その日の午後、施設の管理者が寝台付きの介護タクシーを手配してくれた。再び介護用ベッドが実家に運び込まれた。

母をベッドに移して声をかけた。

「煙草屋に帰ってきたよ」

すると母は薄目を開けて目を左右に動かして何度も頷き、安堵の表情を浮かべた。

それを見て妻が言った。

「やっぱり家は薬だね」

再び母との生活が始まる。妻も一緒に泊まり込んだ。古本屋の商品を非表示にセットして販売を中止した。日に三回、訪問看護師がやって来て、点滴の輸液を交換する。

姉と弟に連絡した。姉は電話口で意外と早かったことに動揺を隠さなかった。

「私が帰るまで頑張っていてって伝えて」

「仕事が立て込んでいて少し遅くなるかも知れない」

弟は何か思いついたように言った。

「日本の童謡のCDを送るから聴かせてあげて」

弟が四、五歳の頃、私は金魚のフンのように遊びに付きまとわれるのが嫌だった。いつも置いてけぼりにした。そんな時、母は弟を膝に抱いて、童謡を歌って聴かせながら店番をしていた。弟にはその記憶があったのだろう。

「聴かせれば少しは意識がはっきりするかも知れない」

電話口でそう言った。

CDラジカセを母の耳元に置いて聴かせた。意識もなく眠るばかりの母の手がわずかに動いた。驚いて見ていると、麻痺のない右手でトントンと布団を叩いた。歌とは相当調子は外れていたが。弟に知らせた。

「自分のことを思い出してくれているんだ」

弟は声を詰まらせた。

それから母が亡くなるまで、童謡は部屋に流れ続ける。七日目に姉が、八日目に弟が帰ってきた。私たち夫婦と姉弟とで、交代で母を見守り続けた。

九月十九日午後、長男からメールが届いた。写真が添付されていた。明け方に女の子が生まれた、「のぞみ」という名前に決めた、と書き込んであった。我が家の初孫、そして母の初ひ孫だ。写真を大きくプリントアウトして母の顔の前に掲げた。

「お母さんのひ孫が生まれたよ、のぞみちゃんだよ、見える？　見えたら手を握ってちょうだい」

妻が母の手を取って耳元に呼びかけた。

母がゆっくり目を開いて見上げた。母の口元が、のぞみ、と僅かに動いたように見えた。妻が声をあげた。

「あっ、握った、握ったよ。お母さん、会えてよかったね」

妻も姉も弟も、みんな涙ぐんだ。

生まれてきた命と、やがて消えゆく命、一瞬の命の交差を見たような気がする。私は胸を衝かれていた。

十一日目、無呼吸が増え、穏やかだった息が乱れ始めた。往診医に連絡した。

麻痺で拘縮していた母の左手の指は力なくだらりと開いている。夕方に下顎呼吸が始まった。あの時もそうだった、祖母の最期の息づかいがよみがえる。やがて看護師さんがやって来た。

「このまま静かに逝くでしょう。看護師を行かせます」

姉は母の右手を、弟は左手を握って、その時を待った。妻はベッドの足元から母の足をさすり続けた。私は妻の傍に立って母を見つめていた。人は死ぬ間際に、脳の中で目まぐるしく自分の一生を回顧するのだと、本で読んだのか誰かに聞いたのか、そんなことを考えていた。母は今、どんなことを思い出しているのだろうか。童謡は流れ続けている。

一時間半後に母は逝った。息を飲みこむように、まるで微笑むように、口元をぎゅっと引き締めて逝った。臨終の瞬間、何故か私は赤とんぼの歌を思い出した。

「よく頑張ったね」

姉はそう言って母の顔と髪を撫でた。

「今、笑ったよね」

弟は母の手をさすり、目を拭った。

「とっても穏やかに逝かれましたね」

看護師さんが点滴をはずしながら私たちに声をかけた。

母との最後の九十分間を、私も妻も、姉も弟も一生忘れないと思う。母の最後の大仕事の時間だった。ハッ、ハッと間を置く小さな息は、記憶の中のあらゆる想い出……良いこと、辛いこと、楽しいこと、苦しいことの一つずつを吐き出しているように思えた。私にとっては十年余の介護生活の総決算の時間だった。

通夜に叔母と従姉妹夫婦がやって来た。

「姉ちゃん、姉ちゃん」

叔母は何度も呼び掛けた。

翌日、奥の間に簡素な祭壇を設えて、私たち夫婦と姉夫婦、弟夫婦の六人で見送った。思い出を存分に語り合った。それぞれの思い出には、それぞれが知らなかった母もいた。何十年ぶりかに姉が話してくれた父の話は、私も弟も知らないことが多かった。母の出自と医大での出来事は二人には話さなかった。

生きていれば父は百三歳、母は九十歳、どんな思いで私たちの会話に耳を傾けているのだろう。

（十九）

年末、二十九日に息子たちが帰ってきた。長男の妻は、子どもの首がまだしっかり据わっていないから、と群馬県の実家から妻に電話をしてきた。調理師をしている次男は大晦日の一番の新幹線で京都に戻って厨房に入る。

午後から墓参りに出かけた。ちょうど父の祥月命日だ。墓を綺麗に拭き清め、花を挿して輪飾りを一つ供えた。あと三日で年を越す。雪が降り始めた。

それから実家の大掃除をした。子どもたちがいるうちにと、仏壇を我が家に移すことにする。私のハッチバックの車の座席を倒して仏壇を載せた。息子二人は妻の軽自動車に乗り込んだ。

道には雪が積もっている。あの日と同じだ。

「頼んだぞ、約束だ」。

父の言葉と眼差しの記憶は、道に残るハイヤーの轍とともに今でも鮮やかだ。

「行こうか」

うしろを振り返って呟く。父と母、祖父母を乗せてゆっくりと小学校の方に坂道を上る。

錯覚だろうか。降りしきる雪のなか、一瞬、バックミラーに懐かしい炭鉱の風景が浮かんだ。私たちの家族が肩を寄せ合って生きてきた町だ。やがて雪にかき消されてゆく。車の轍を次第に雪が覆う。

奥の間に仏壇を据えつけ、ローソクに火を灯した。いつもはひっそりとしている奥の間が賑わったように感じる。

「約束、果たせたよね」

傍から妻が言った。妻には父の最後の言葉のことは結婚した頃に話していた。覚えていてくれたのだ。

「晩飯は僕が作るから」

次男が台所に立った。

「俺も手伝うよ」

長男が立ち上がった。妻は嬉しそうだ。

歳をとったのだろうか、何故だか胸に熱いものがこみ上げそうになる。

今夜はきっと賑やかな夕餉になる。私と妻と二人の息子、そして我が家にやって来た父と母と祖父母と。

雪はしんしんと降り続いている。

（了）

著者プロフィール

木澤 千（きさわ せん）

1949年 9 月11日生まれ、山口県出身
会社勤務を経て、現在自営業
九州文學同人

雪の朝の約束

2021年 4 月15日　初版第 1 刷発行

著　者　木澤 千
発行者　瓜谷 綱延
発行所　株式会社文芸社
〒160-0022　東京都新宿区新宿1－10－1
電話　03-5369-3060（代表）
03-5369-2299（販売）

印刷所　図書印刷株式会社

ISBN978-4-286-22486-2